Froilán

y Los Alebrijes

Beatriz Fuentes

Froilán y Los Alebrijes
de Beatriz Fuentes

Libro 1
Las Aventuras de Froilán
Serie 4

Copyright © 2019 por Beatriz Fuentes Lugo

Primera edición: Abril 2019

Editorial: LEF Ediciones.
Diseño de Portada: Trixie Marty.
Ilustraciones: Marisa Herzlo.
Gráficos: Freepik.com

ISBN: 978-3-9525088-2-4

www.beatrizfuentes.com

SERIE 4

 Froilán y Los Alebrijes

Froilán y El Axolotl

Froilán y La Catrina

Froilán y Los Luchadores

Froilán y El Mariachi

Froilán y La Piñata

La misteriosa llamada telefónica había alertado a Froilán y todos sus amigos. El arqueólogo Alois Knochenbrecher había hecho un majestuoso descubrimiento y además de compartirlo con todos ellos, deseaba encontrar respuestas. Su descubrimiento era de lo más peculiar y por esa razón había hecho venir de todos los confines de la tierra a los seres que con un poquito de buena suerte podrían ayudarlo a identificar el descubrimiento o por lo menos proporcionarle alguna pista de sus extraños orígenes.

Después de extraer los huesos de la tierra y limpiarlos cuidadosamente, procedió a unirlos uno con otro dando como resultado un ser hasta ahora desconocido.

Froilán y sus amigos; conocidos y parientes incluidos Rorus, Thorin, la prima Metztli[1], Orión el rey de los caballeros pegasos, Elvean la reina de las hadas ilúminas. Estaba también el Conde Gustav von Brunnen, el Pixie Gir Blumenkohl, jefe de la fábrica de artículos para magos; El Dr. Sergio Gallegos, el científico Markus Bekloppt, el astrónomo Paul Smith, la pintora Marisa Herzlo, la maestra Ululá entre otros muchos que llegaron en tropel al museo, directamente a la oficina del arqueólogo que ya los esperaba ansioso.

- Me alegra que todos hayan acudido a mi llamada. -Dijo el puma mientras se paseaba de un lado a otro.

- Su llamada fue muy alarmante profesor Knochenbrecher. -Intervino Froilán- Usted dijo que quería mostrarnos algo sorprendente y que era vital que todos nos presentáramos hoy para verlo.

- Por favor acompáñenme. Mi descubrimiento está resguardado en el laboratorio de conservación.

---

[1] *En la Mitología Azteca es la diosa de la luna.*

El gran batallón de personajes variopintos caminó, flotó y voló tras él. El arqueólogo los condujo a la sala en donde se encontraba el tremendo descubrimiento. El puma se detuvo frente a una puerta de metal y presionó un gran botón verde y la hoja se deslizó a un lado dejando a la vista de todos, un gigantesco cráneo blanco que arrancó uno que otro grito, provocó un desmayo (el de Thorin) y un prologando "ooooooooooooohhh" sorprendido.

Encabezados por el faraón Ohr-Lank-Toth, se aproximaron al esqueleto y flotaron alrededor analizando sus características óseas.

Orlando vestido con una sábana de paisley dorado en fondo azul marino y una tiara de oro de donde sobresalía una cobra sonriente, preguntó al arqueólogo.

- ¿Qué es?. Yo no recuerdo haber visto algo similar antes.
- Ni yo. -Dijo Rorus.
- Yo tampoco. -Replicó Thorin después de su inesperado desmayo.
- A mí tampoco me parece nada familiar. -Intervino el conde vampiro.

El científico, el doctor y el astrónomo tampoco pudieron identificarlo.

El caballero pegaso sacudió la cabeza negativamente y lo mismo hizo el hada ilúmina.

Entonces se acercó la prima Metztli al esqueleto y lo observó con detenimiento.

- Profesor Knochenbrecher, ¿dónde lo encontró?. -Preguntó Froilán mientras contemplaba el cráneo.

Entre tanto, Olaf lanzaba ojeadas al esqueleto y luego consultaba los detalles en un enorme libro al tiempo que mordisqueaba un gran churro azucarado.

- Fue en la excavación de un sitio Prehispánico recién descubierto al que se ha denominado Tolatitlán I.

- Mmmm. -Intervino la diosa de la luna- Me recuerda a una imagen que vi en un mural...

- ¡Un alebrije!. -Dijo Olaf mostrándoles una imagen de colores impresa en la página de su libro.

- ¡Eso es imposible!. -Replicó Froilán- Los alebrijes son seres imaginarios creados por Pedro Linares,[2] un artesano que trabajaba con papel maché. Además, sé que no existen dos alebrijes iguales. -Concluyó el gato atónito.

---

[2] *Pedro Linares López fue un artesano cartonero mexicano originario de la Ciudad de México, a través de una experiencia insólita debido a que cayó enfermo, durante su inconsciencia soñó con un lugar insólito poblado por creaturas desconocidas que se hacían llamar alebrijes. Al recuperarse de su enfermedad, decidió recrear las creaturas que había visto en sueños con papel maché a las que dio el nombre que había escuchado, así creó los alebrijes.*

- Sin embargo... -Reveló la diosa de la luna pensativa- Hay una leyenda que habla de un sitio sagrado entre el Tomoanchan[3] y el Mictlán[4] en donde habitan creaturas extraordinarias. -De entre su ropaje extrajo un códice con pasta de cuero y decorado con glifos prehispánicos.

Todos se reunieron alrededor de la diosa de la luna mientras observaban atentos como hojeaba los papiros y deslizaba las yemas de los dedos sobre las imágenes y los símbolos pintados.

- ¡Lo encontré!. -Leyó en voz alta- En la profundidad de la selva, en el cruce del Norte y el Sur, el Este y el Oeste, entre el inframundo y el último cielo está ubicada la puerta a la Tierra Sagrada. Es posible que el espíritu de ese artesano del que hablan fuera conducido ahí por error. Por eso él creyó que era un sueño, pero la realidad es que debió ser conducido ahí por algún dios despistado.

- Entiendo. -Dijo el arqueólogo.

- ¿Ha decidido qué hacer con el esqueleto, profesor Knochenbrecher?. -Preguntó Froilán preocupado.

---

[3] *Paraíso mítico sobre el que rige Itzapapálotl, de donde vienen todas las cosas. Según el mito de la creación azteca, fue allí donde los dioses crearon la actual raza humana.*
[4] *De acuerdo con la mitología azteca es el inframundo.*

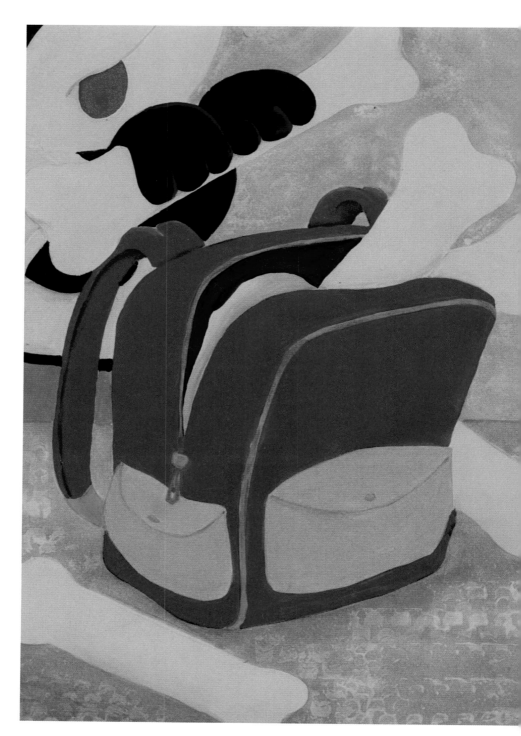

-Esta es una creatura única, si su existencia llega a ser revelada, estoy seguro de que habrá cazadores sin escrúpulos dispuestos a capturar estos seres como trofeos de caza. Si se confirma que los alebrijes son reales estarán en serio peligro. -Concluyó muy serio.

- Profesor, tal vez sería conveniente que llevemos el esqueleto de regreso a donde pertenece. -Sugirió la diosa.

- Sí, eso es lo adecuado. Debemos organizar una partida de exploración. Metztli tú eres la única que conoce el sitio exacto en donde se encuentra el portal de acceso.

Los murmullos inundaron el salón. Cada uno de los asistentes hablaba de sus dudas o conjeturas hasta que al fin el enorme tigre científico tomó la palabra

- Knochenbrecher, ¿cómo vas a transportar tremendo esqueletote sin que nadie los descubra?. -Preguntó Markus Bekloppt.

Orlando sujetó al oso con su mochilita y ejecutó varias piruetas en el aire.

- Olaf es la solución. -Dijo el faraón emocionado mientras descendía colocando a Olaf al lado del esqueleto.

Froilán entendió de inmediato a qué se refería el fantasma.

- Orlando tiene razón. Podríamos introducir los huesos en la mochilita de Olaf. -Dijo el gato convencido.

- ¡Froilán, el esqueleto mide más de 30 metros!. -Intervino Rorus escandalizado.

- Primo, te aseguro que en la mochila de Olaf caben esos huesos, todos nosotros, víveres para un año y sobra espacio suficiente para una biblioteca. -Concluyó risueño el fantasma.

- Olaf, ¿serías tan gentil de vaciar tu mochilita, por favor?. -Pidió Froilán.

El oso cerró la enciclopedia que leía, la que por cierto era tan grande como él, y la colocó en el piso, se quitó la mochilita que cargaba en la espalda, la depositó sobre la enciclopedia y sacó uno a uno los alimentos del interior. Fueron tantos que se podría decir que en su mochilita cargaba todo un supermercado. Cuando Olaf terminó de extraer los alimentos ya había transcurrido más de media hora.

- He terminado. -Confirmó el oso.

- Entonces estamos listos para transportar los huesos. -Dijo Froilán.

Con mucho cuidado y siguiendo las indicaciones del arqueólogo, los fantasmas desmontaron la osamenta pieza por pieza que luego entregaban a Olaf para que la introdujera en su mochilita.

- ¿Cómo lo hace?. -Preguntó sorprendido el doctor Markus Bekloppt mientras se rascaba la cabeza.

- No lo sabemos, pero sin duda es asombroso todo lo que cabe en esa diminuta mochila. -Exclamó Froilán convencido.

Una hora más tarde y después de varios reacomodos, la osamenta estaba empacada y los exploradores en camino.

Guiados por Metztli, la diosa de la luna; Froilán, Orlando, Toly y Olaf arribaron al pie de la escalinata de una imponente pirámide.

- De acuerdo con las inscripciones del códice, el portal debe estar ubicado en la parte superior de la pirámide. –Dijo la diosa.

Con mucho cuidado subieron los peldaños hasta que alcanzaron la cima. Ingresaron en el templo y descubrieron que las paredes estaban decoradas con frescos multicolores.

- Miren en el fresco lateral. -Froilán llamó la atención de los exploradores, señalando la imagen del alebrije pintada en la pared.

El fresco todavía conservaba la intensidad de los colores aunque en algunas partes el deterioro era evidente. Algunos trozos del estuco que cubría las paredes se habían desprendido desfigurando algunas imágenes del mural.

La diosa de la luna echó un vistazo otra vez al códice.

- De acuerdo con la profecía escrita en el códice, solo el mensajero de los dioses puede abrir el portal.

- Orlando, -Toly llamó al faraón- tal vez seas tú el indicado. Los faraones solían ser considerados dioses vivientes.

- ¿Qué debo hacer?. -Preguntó emocionado el fantasma mientras ejecutaba cabriolas en el aire.

- El códice no menciona cómo abrir el portal. -Respondió la diosa.

- Intentaré algo. -Sugirió el faraón al tiempo que traspasaba la pared.

Pero no ocurrió nada fuera de lo normal. Orlando cruzó limpiamente el muro.

Sin embargo, mientras el faraón iba y venía de un lado a otro del muro, Olaf se acercó al mural en donde estaba pintado el alebrije, levantó su patita regordeta y sin poder contenerse la acercó hasta que en lugar de tocar la superficie, su garra se sumergió en el muro que ahora parecía ondular como si fuera un estanque.

- Creo que he averiado el portal. -Dijo angustiado el oso mientas sacaba la pata del interior del muro.

- ¡Por supuesto!. -Froilán dio un salto- Olaf es el mensajero de los dioses. Él es quien carga en su mochilita la osamenta del alebrije. -El gato miró al oso- Olaf introduce la pata en el portal y con la otra sujeta la mía.

Así lo hizo el osito y en un pestañeo, ambos habían traspasado el portal. Entonces el gato asomó la cabeza.

- Toly sujeta mi pata, Orlando toma la de Toly y el resto haga lo mismo.

Así tomados de las garras, uno a uno traspasaron el portal.

Lo que vieron al cruzar fue una imagen de esas que solo se aprecian cuando lees un cuento como éste y tu mente es capaz de imaginar tremendo paisaje fantástico.

Árboles de diferentes especies crecían hasta donde la vista alcanzaba a distinguir. El cielo era de un azul intenso y una que otra nube esponjosa formando figuras se paseaba sin rumbo fijo. El sol iluminaba con incontables haces de luz que se colaban entre las capas de los follajes derramándose en chorros de luz sobre el suelo cubierto de pasto y había una sorprendente diversidad de plantas y flores que daban la impresión de ser una inmensa alfombra viviente.

Los exploradores aún no salían de su asombro cuando otra inesperada visión les salió al paso. Volaba entre las nubes un gigantesco alebrije con cabeza de serpiente, cuerpo de dragón, alas de águila y pelaje de colores con patrones geométricos que cambiaban de forma según eran iluminados por la luz del sol, y apenas los vio se abalanzó en picada contra ellos. Se detuvo a un par de metros contoneando el cuerpo y batiendo las alas mientas lanzaba un tétrico rugido que envidiaría cualquier tigre de bengala.

Los exploradores notaron que este alebrije no tenía la tradicional lengua bífida ni los colmillos de una serpiente, sino que su boca estaba repleta de dientes puntiagudos.

Los aventureros temblaban, excepto Froilán y Olaf.

- Buenas tardes señor alebrije. -Saludó amable el gato

La serpiente dientona rugió otra vez tan fuerte que dejó erizado el pelaje de los exploradores, descompuso el nemes de Orlando y arrancó las plumas del penacho de Metztli.

- Creo que no está de humor para charlas prolongadas. -Indicó Toly mientras se alisaba el pelaje alborotado.

- ¡Invasores!. -Rugió la serpiente mal encarada.- ¡Abandonen la Tierra Sagrada de inmediato!. -Siseó mostrándoles su puntiaguda dentadura completita.

Froilán muy decidido dio un paso al frente desafiando al alebrije encabritado.

- Señor alebrije, nos marcharemos una vez que hayamos devuelto esto. -Señaló a Olaf quién respondió con una descomunal sonrisa nerviosa.

El alebrije entornó sus enormes ojos dorados y gruñó.

Olaf colocó la mochilita en el piso, abrió la cremallera superior y extrajo un enorme hueso que depositó al lado.

Los ojos del alebrije se abrieron tanto que doblaban el tamaño de su rostro y la quijada se le desprendió de pura sorpresa.

- El arqueólogo Knochenbrecher encontró esta osamenta en su última excavación en un asentamiento prehispánico -Explicó Froilán.

- Alebrije. –Lo llamó la diosa Metztli- Los textos antiguos hablan de la existencia de la Tierra Sagrada, por eso decidimos devolver la osamenta y proteger el secreto de la ubicación del portal a la tierra de los alebrijes. -Explicó la diosa a la atentísima criatura.

- Señor Alebrije, si esa osamenta fuera exhibida en el museo, se desataría una cacería frenética para encontrar a los alebrijes y estarían en serio peligro. -Intervino Toly.

- Don Alebrije, -Dijo Orlando mientras se acercaba flotando al rostro de la criatura- Según dice la leyenda, solo el Mensajero de los Dioses puede activar el portal que conduce a la Tierra Sagrada de los Alebrijes.

Esa revelación logró convencer al alebrije.

- Mensajeros de los Dioses, acompáñenme. -No era una petición sino una firme orden la que pronunció la criatura.

El alebrije giró dándoles la espalda, descendió hasta tocar el piso y permaneció muy quieto.

- Suban a mi espalda. -Ordenó.

Los exploradores treparon sobre el lomo del alebrije y se sentaron a horcajadas sujetándose de su pelaje.

Sin aviso la creatura levantó el vuelo y surcó los aires llevando en su espalda a los mensajeros divinos. Curiosamente mientras volaba lanzaba rugidos que respondían otros alebrijes en tierra, aire y mar.

Una horda de creaturas se le unió en el aire.

- ¡Sorprendente!. -Gritó Froilán emocionado- ¡Ninguno de ellos es igual!.

Y en efecto no había dos alebrijes iguales, cada uno tenía características físicas y colores tan particulares que los hacían únicos dentro de su propia especie.

Después de un vuelo agitado, el alebrije descendió sobre una pequeña colina con la cima vacía, rodeada de un basamento circular en el nacimiento del collado.

- Mensajeros de los Dioses, hemos llegado al lugar de descanso sagrado.

La multitud de creaturas fantásticas e inverosímiles se reunieron alrededor de la colina. Algunos de ellos rugiendo, otros silbando, unos pocos balando, otros cacareando y todos removiéndose inquietos murmurando "*Mensajeros de los Dioses*".

34

Los enviados divinos bajaron del lomo del alebrije y caminaron hacia la estructura, mirando de un lado a otro, muy sorprendidos de la variedad increíble de creaturas que los rodeaban. Y aunque esos seres eran de aspecto asombroso y de tamaños tan variados, había un aspecto constante en cada uno de ellos ya fueran plumas, pelaje o escamas; las tonalidades, combinaciones y patrones eran de colores vibrantes.

Dos alebrijes colosales se encaminaron hacia la cima del montecito. Uno de ellos tenía aspecto de tigre dientes de sable con cuernos de carnero y el pelaje era de tonalidad azul rey con manchas de leopardo, pero si se observaba con atención, se podía distinguir que eran grecas y además iridiscentes. Su panza y pecho lucían un llamativo tono naranja, así como sus garras.

El otro más parecía un león pero su melena estaba hecha de plumas muy similares a las de un pavo real y su pelaje era una mezcla de tonos verdes y azul metálico con líneas doradas cruzándole el cuerpo.

Una vez que los alebrijes alcanzaron la cima, con sus garras cavaron un pozo profundo y luego con bien calculado impulso saltaron hasta la base de la colina.

- Si uno de nuestros hermanos no regresa a esta tierra para su descanso final, es el trabajo de los Mensajeros de los Dioses devolver sus restos a la tierra sagrada. Solo así el alebrije podrá hacerse uno con la tierra. -Decretó el alebrije de la melena emplumada.

- Por favor Mensajeros de los Dioses, ya pueden entregarnos la osamenta.

Olaf se apresuró a sacar uno a uno los huesos del interior de su mochilita.

Cada uno de los mensajeros tomó un hueso y el resto fue repartido entre otros alebrijes que se acercaron y en procesión precedidos por el alebrije que los había conducido ahí, subieron a la cima y depositaron los huesos en el interior del pozo con muchísimo cuidado.

Los dos seres que habían excavado regresaron a la cima y rellenaron el hoyo con tierra y regresaron a la base de la colina.

Casi de inmediato la tierra dejó escapar un rugido acompañado de una sacudida que hizo trastabillar a los exploradores. Entonces un endeble brote se abrió paso creciendo a tal velocidad que era posible ver como se transformaba de una diminuta planta a una imponente ceiba.

- ¡Son árboles!. -Dijo Froilán muy sorprendido.

- Estos árboles no son como los demás. Llegado el momento de floración, sus frutos serán nuevos alebrijes. -Explicó el alebrije de los cuernos de carnero mientras señalaba un campo cercano en donde había infinidad de capullos de dientes de león abriéndose. Al abrirse la flor amarilla dejó escapar de entre sus pétalos a un diminuto alebrije con cuerpo de libélula, alas de pájaro y garras de águila que daba volteretas en el aire.

- Ahora entiendo. De esta manera mágica es cómo los alebrijes son creados. -Intervino el faraón.

- La muerte no es el final de la existencia sino un tramo del camino. -Dijo muy serio el alebrije con cabeza de serpiente- Vamos Mensajeros de los Dioses, los llevaremos a recorrer la Tierra Sagrada antes de que vuelvan a su mundo.

Y cada uno de los exploradores montó en el lomo de un alebrije y emprendieron el viaje por la Tierra Sagrada.

Visita mi página en Facebook.

 Beatriz Fuentes-Oficial

Visita mi página web.

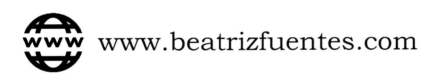 www.beatrizfuentes.com

Sígueme en Instagram.

 _beatrizfuentes

Made in the USA
Middletown, DE
25 August 2024

59670908R00024